フラッシュバック現象
蘇る記憶
……コノハナイマダクサラズ

コノハナイマダクサラズ

CONTENTS

コノハナイマダクサラズ

無

人を愛し　人を傷つけ
尚　人を愛する
やり場の無い
　自分への怒りが
他の者を傷つけ
　そして殺す

人は無に生き
　無に死んでゆく
ぼくは無に生き
　無に殺される

君

君を見ていたら
　急に自分が小さく見えた
君を思い出したら
　嫌な思い出が甦った
君の歌を歌ったら
　小鳥が近づいて来た

君と話していたら
全てを許せる気がした

結局最後はどうなるのか
結局君はどうなのか
分からないまま
いつもみたいに
君の事を考えて
眠りについた

嗚呼

嗚呼胸が苦しい
　嗚呼君が切ない
　　嗚呼自分が憎い

悔しいけれど
　君はあいつのもの
どうせぼくには
手の届かない存在だ

秋風

ぼくの心はいつしか
秋の淋しい風に抱かれて
冷たい都会の中心へと
連れ出される

心の中で一人、一人
自分を孤独にする為に
見知らぬ人を殺してゆく
嗚呼　嫌だ　嫌だ　人間が嫌だ
そう叫び続けながら
今日もまた、人を愛する為に
秋風を待つ

夢の中

尾崎豊のＣＤと
本を一冊持ってって
ぼくは何処かで一人きり
貰ったライトを点滅させて
静かに眠りについてみる
するとぼくの夢の中
小さな少女が笑ってる
少女が両手を広げると

ぼくは思わず飛び込んだ

さぁ旅立ち
今、夢が叶う

暖かい少女の体
どうか神様いつまでも
・・・・・・・
気が付くと
いつもと変わらぬベッドの中に
ねぐせだらけのぼくがいた

雨

たくさんの雨が
ぼくの心に降り注ぐ
ぼくは寒さに耐えきれず
そこらに落ちてる厚手の毛布と
ライター一コで温める
凍った心を温める
やがて心は溶け出して
ぼくの心を埋め尽くす
熱い心でぼく一人
はしゃぎまわって殺される
　あの子の視線に殺される

ちっぽけな夢とぼく

今日、夢を見た
小さな小さな夢だったけれど
ぼくにとって大きな大きな
喜びの夢
きっと二度と見ることの出来ない
小さなか弱い夢
こんな安っぽい夢で
ぼくの心はいっぱいさ
「ねぇ神様
　ぼくはもう待てないよ」
きっと明日になったら
忘れてしまう小さな夢に

一人心を通わせて
いつもの街の風景を
憎んで憎んで殺すんだ
でも本当は何も殺せない
ちっぽけな人間さ

明日はきっと

明日が無理ならもう明日
もう明日無理なら次の明日
そうやっていつもいつも
何にも変わってない生活
そんなのいやだいやだ
そういう生活に溶け込むのは
もっといやだ
でもそうなっちゃうよ
はやくはやく
ここから出して
そうじゃないとぼくは
人間になっちゃうよ

朝

1

ぼくは泣いていた
ずっとずっと泣いていた
長い間何も見えなくなる程に
ずうっとずっと泣いていたんだ
不思議だよ、とても
哀しくても泣けないのに
悔しいと簡単に泣けるんだ
でも大丈夫
もう泣きやんだよ
ふつうになったんだ

夢を忘れて現実に戻って来たんだ

さぁ何をしよう
まずは彼女と話そうか
そしたら次は学校行って
色んな物を一つずつ
見なおしていこう
きっと皆好きになれるよ

2

ぼくは眠っていた
ずっとずっと眠っていた
何かを必死に忘れる為に
何かを必死に得る為に

起きていると
こぼす涙が恥かしいから
眠りながらひたすら泣いていた
ただそれだけ
それだけなんだ

3

何も変わってない
そんな光　風　音　匂い
ぼくはやっぱりそれが好き
いつも同じ事ばかりは
とてもとても嫌だけど
でもそれが平和
平和は好き

都会の暑さと臭さには
今でも嫌気がさしてるけれど
やっぱり平和が好き
どうか何もおきないで
本当は何かおきてほしいけど
おきても何も出来ないから
見つけられそうにないから
いまのまま
いまのまま
ふつうに生きてゆこうよ
うそだけどさ

つかれたよ

もういいや　もういいや
まだ　まだ　まだ
でももういいや　でもいやだ
それじゃあ　いいよ　いい　何もなくて
やだ　いろいろと　でもつかれるし
でもたのしいし　さびしいし
かなしいし　くやしいし
あついし　さむいし

いたいし　いたくないし
おかしいし　おかしくないし
わからないし　ねむたいし
これじゃあやっぱりもういいや
やなことのが多いもん
でもまだ
おいしいし　いとおしいし　あったかいし

『ゆめ　なに？　将来の？　んーん
ゆめ　なに？　ぼくのゆめ
それがわかったら　まだ　まだ　まだ

みんな死んでくれれば
それはそれでいいと思う

全てが終われば
それが一番いいと思う

そのままに

神よ
ぼくのこの手と
彼女のあの手とを
つなぎ合わせて
溶かしてくっつけて
一つにして
決してその手が離れぬよう

見守っていて下さい
そしてぼくのこの心と
彼女のあの心とを
永遠に永遠に引き伸ばして
あなたの力でふとくして
決して切れる事のないよう
見守っていて下さい

あぁどうか　心の深さをそのままに
あぁどうか　二人の心をそのままに

ぼくは暗闇に恐怖する

目をつむると
青と赤の線が　黄色のなかに見える
青い人が微笑み銃を向け
青い猿は佇む
暗闇の中に何かが見える
――恐ろしい
どうしようもなく暗闇が
――恐ろしい
一体どうしたというのだ
何をそんなに
恐れているのだ

あんなにも暗闇が好きだったのに
ぼくは暗闇の微笑みに恐怖する

誰か　信じられる誰かが欲しい
ぼくといっしょに歩いてくれる
決して顔の変わらない信じられる人が
ほしいんだ

一人は嫌だ　一人は恐いんだ

こわい　こわい　こわい
死にたくない　死にたくない
こわい　こわい　こわい

みんなはきっと非道いっていうんだね

愛しているのに　ぼくの心は
　罪悪感でいっぱいで
もうやめよう　もうやめようって
　思うんだ
（でも君の目が
　ぼくを狂わせてしまうんだよ）

こんなぼくの不思議な愛のかたちは
　みんなからは認めてもらえなくて
もうやめよう　もうやめようって
　思うんだ
（でも君の息づかいが

　ぼくを狂わせてしまうんだよ）

もうウソをつくのがつらくて
　君の涙がつらくて
　　君の心がつらいから
やめようか　やめようかって
　いうんだよ
（でも君の笑顔が
　ぼくの心をはなしてくれないんだよ）
でも自分が嫌で
　現実が嫌で
　ぼくを取り巻く全てが嫌だから
君にいてほしい　君にいてほしいって
　思っちゃうんだ
（でも　でもさぁ　それはほんとは

いけないことなんだよねぇ?)

何もいわないで下さい
　見て見ぬフリをしていて下さい
分かってます　分かってますから
ただ少し　淋しいのです
　ただ少し　こわいだけなのです
(あぁなんてかわいそうな君
　こんなぼくのために
　　悲しむことなんてないのに
　こんなぼくのために
　　苦しむなんてバカげてるのに)

神さま何ならぼくのきおく
すべて消してくれてもいいのに

そして新しく
ぼくを作り変えて下さいよ

ふつう

神様ぼくはふつうですか？
ふつうは嫌です
でも
「ふつうは嫌と言っておいて
まわりを見て、皆がやってる事を
すすんでやっているくせに」
と言わないで下さい
それはぼくにも分かっているのです
ぼくはふつうにいると落ちつくのです
でもふつうは嫌なのです
何か人より優れていたいのです
その事でぼくは誉められたいのです

涙

泣きました
（泣けました）
なんだかとても哀しくて
（淋しくて）
不安で
（孤独で）
苦しくて
（懐かしかった？）

どうしていいか分からなくて
とにかく夢中で息苦しかった
泣きたい泣きたいって
いざ泣くと
泣かないようにがんばって
そんな事のくり返しだねぼくは
そんな事ばっかりだね人生は
きっと死にたいっていっても
死んだらやだなぁ

愛

君に愛していると言った時
僕等は何てちっぽけなんだろうと思った
何でか分かんないけど
急に二人はこんなにも小さいと
思えてならなかった
あたりはまっ暗で

何もなくて　二人だけで　小さくて
結局僕等はこんなものなのだろうか?
もっともっと色々あって
二人でそれを埋め尽くしてるって
思ってたのに
これが本当の二人なのだろうか
だとすれば
　愛ってこんなものなのかな

うさぎはすごいと思う
毎日誰かに追われているのに

アリはすごいと思う
毎日誰かの為に探しまわって

でもぼくはもっとすごい
だって夢があるんだもの

理想と現実

現実なんてこんなもんさ
なにもかも中途半端さ
全てが裏切りの連続さ
全てが理想をもとに作り上げた
作りものさ
愛だってそうさ
理想を演技してるのさ
夢だってそうさ
希望だってそうさ
全て理想に酔いしれているのさ
そしてぼくたちが愛してやまない
理想を踏み躙るのが現実さ

でも哀しいのは
踏み躙られる時もまた
理想が根本にあるということさ

生きた証

生きた証って何だ？
富や名声など捨てて
誰にも知られず死ぬことか？
美人の女と結婚して
子供の為に働くことか？
出世することか？
家を建てることか？
それとも自分の好きなことをやって
死ぬことか？
それとも人の為に
生きることか？

ちがう　ちがう

今この俺という人間が生きているという
事実
今でなくても過去
俺という人間がいたという
事実
それをみんなに知ってほしい
それが俺が存在していた証
生きた証だ
俺は名声がほしい
わるいか
俺はキリストになりたい
モーツァルトになりたい
ゴッホになりたい

皆が知ってる人になりたい

夢

ホラ見てごらん
　夢はこんなにも近くにあるんだ
今にもつかめそうだろう?
その夢が　空を　地を　海を
照らしているのがわかるだろう?

ホラ感じてごらん
　君は一歩一歩夢に近づいているのが

わかるだろう？
それが一体何処にあるのかなんて
知ったことではないけど
君はたしかに歩いてるんだ
確実に近づいているんだよ

ホラ聴いてごらん
風のささやきが　小鳥のさえずりが
君を祝福してくれているよ
草も花も虫までもが
君を待っているのがわかるだろう？

月

人の心は月の様です
見える時もあれば
見えない時もある
でも見えない方が多い
また見えたとしても様々で
その時によって形がちがう
人によって見え方もちがう
怪しく光り　美しく　やさしく　さみしく
そして恐ろしい
とにかく輝いていることは
確かかもしれない
だが人は月に触れない

いくら手を伸ばしても
届かない
確かに届いた人がいた
触った人がいた
どもそれはほんの一部の一部
普通の人は触れない
何年も何年もかかって
やっと触っても
宇宙服は脱げない
結局物を通してしか
触れることが出来ない
また月は裏を見せない
常に表しか見せない
そして人はそれを
見れない

見た人がいても
それを映像で送っても
それではきっと
人は何も見ることが出来ない
見たことにはならない
見てもきっとすぐ忘れてしまう
そんな存在だ
例え心に焼きつけたとして
それは所詮妄想
自分のいいようにデフォルメされていく
結局月を知り得ない
この先月の全てがわかったとして
それは月の全てじゃない
結局月の表面だ
決して中身は見られない

月の中を見たとして
中の中まで見られない
何も通さず月に触ったとして
それはごく一部にすぎない
月を知る事は出来ない

我ら自身に嘘をつく

我ら自身に嘘をつく
彼らのそれとはまた違い
我ら一切耳貸さず
我ら己の非を知らず
自ら神と成り上がる
けれども神はそこに居ず
己の非の内に
いらっしゃる
しかし我らはそこを見ず

自ら悪へと成り下がる

我ら自身に嘘をつく
我らはそれを知っている
けれども知らぬフリをする
確かにそこに神は居る
けれども人は悪と見る
故に悪を神と見る
我ら一切耳貸さず
永遠に悪へと成り下がる
けれども確かに神は居る

ダンスを踊ろう

見たらだめさ
不完全なんだからね
他に気をとられちゃだめさ
それのみに集中するのさ
足を揺らすんじゃないよ

足はしっかりするもんさ
触ってはだめさ
触れてもだめさ
手がそこに在る
あたかもそれが本当の事の様に
手がそこに在る
ただそれだけだ
ただそれだけだ

虚無の声

俺の声は腐っている
嘘ばっかで
汚い
演技臭い
腐った声だ
決して心の音を発せない
偽りの
腐った声だ
馬鹿馬鹿しい
何もかも馬鹿馬鹿しくさせる
虚無の声だ

ギターを抱いて眠る夜

どうしようもなくつらい時は結局
ギターを抱いて眠るしかないから
ろくに弾けないギターを
適当におさえて
かきむしる
かきむしる
かきむしるとまるでつかみどころのない
不協和音に
俺はますますダメになる
こんな時ギター弾きなら
何を弾く?
どうせ不協和音に決まってる

ロマンチック　百万円で売って下さい

涙の理由

懐かしき　物を眺めて
　　泣いてみる
懐かしき　歌を歌いて
　　泣いてみる
けれど決して
　あの娘の為には
　　泣くものか

まっさお

真っ赤に染まる
満員電車
今、俺は真っ青な感情で
乗員毒殺
大した興味もクソもなく

苦しみを見る

キモチワルイから
どうでもいいんだ

真っ赤な感情
沸き上がる車内

やれやれ俺は悪者だ

春の風景

気持ちよくて
淋しすぎる
春のなまあたたかさには
冷たい雨がよく似合う

そうやって
一人でいるぼくの心に
そっと入って
溶け込んでしまえ
街の中に
ぼくはうたって、風景になるから

虚無の口癖

このところすっかり私は
死という言葉が癖でして
決して死のうと考えているわけでは
無いのですが
何故か言ってしまうのですね
きっと私は思うのです
死という言葉があまりに嘘であるから
安心して言ってしまえ
言ってしまえば死というのは
あまりに神聖なものなので
何か違った輝きをもたせようとする私には　ぴったりなのです
けれど言葉は言葉でしかなく

さらに私の言葉は嘘ですので
まったく無意味でさらに嫌になるのです
そうなるといよいよ
死というものが迫ってきて
特に安心しているから
別に気にもとめずに
なんだかぎゅっと抱きしめたくなるのです
だからぼくはバカでダメなのです

立ち止まる

立ち止まる　立ち止まる
一歩進んでまた立ち止まる
前に行こうと捨てたのは
ただうっとうしかっただけで
そんな物全部担いでも
前に進めるのに
まったく俺は
分かっている　分かっていると
いつまでも眠り続け
起きたらきっと
もう夕方かな

……もう起きなきゃ
眠っているのがカッコいいのか？
起きるのに理由はいらない
起きられない理由などない
ただ起きればいい
ただ進めばいい
ただ生きればいい
眠る俺は死体と同じだ
もういいかげん
人に乗るのはやめよう
まず起きてから
それから

愛と性欲

私は愛など
愛などありはしないと言うのです
だって結局皆そろって
愛しているという言葉で
カラダを重ねてゆくのですから
でも本当は
愛を期待しているのです
愛する事を　愛される事を
期待している
私はきっと愛していると言いたい
そして何かしら理由をつけて

言ってみる
感情の高ぶりで
言ってみる
でもそれは違う
だからパッとしない
そして言葉が出てこない
きっと私はこう言いたいのだ
――SEXしたい
でもそんな事言ったら
逃げちゃうもん
言えないよね
愛は性欲?
それはただ勝手に
カンチガイしていたにすぎない
愛に理由はない

愛に努力はない
愛は欲望ではない
愛に自分は入らない
愛は永遠である
愛は崇拝である

夜

落ちゆく程に　この夜は
ぼくの終わりを示している
気づけば其処に朝が来て
気づけばぼくは生きている

このまま夜が続くなら
どんなに淋しく楽しいだろう

ガラスの向こう

ガラスの割れる音が好き
雷の音と光が好き
鼓膜が破れる程の轟音の中で眠りたい
出来ることなら其れを外側から見守りたい

朝は嬉しく

昼は日常

夕暮れに泣き

夜に壊れる

リアル

リアルを見ているのに
全てはリアルなのだと
知ったのに
未だに夢を見て
何かの嘘だと思っている
……醜いな俺は
……ゴミと同じだな
嘘じゃない本当……
現実　現実　現実……か
それでもなお愛していると
思えたら
……いいかもしれないな

真理

個人個人
自らあみだした真理を持とう
どれが正しいか正しくないかを知ろう
それは何億通りもの
違う真理かもしれないけど
もととなる絶対真理は
必ずあるはずだよ
それを知ろうよ
それは他人に教わるものじゃない
自分で探すんだよ
それを一つにするんだよ

今考えられている絶対真理は
本当かたしかめよう
違ってたら勇気を出して
真理を変えてみるんだ
これは神様と同じだよ
人は神をもっているんだ
人は絶対を知り得るんだ
ただ
その為に争う事はやめよう
自分の真理は絶対でないと自覚しよう
そして皆で生きてゆこう
いつか分かりあえる
他人とも
他の生物とも
地球とも

宇宙とも
だって人は神をもっているんだもの
絶対になり得るんだもの

ダメ

もっとダメならよかったね
けっこう器用なんですね
それなりなんです
何でもそれなりに
こなしていました
もちろん全然ダメなものもありました

でもそれは自分が
いけないんですよ
何がいけないって
自分の好きな事を
やろうとするから
いけないんですよ
自分がいやな事を
やらないから
いけないんですよ

この道で

ぼくは歩くのです
まっ直ぐな道を
まっ直ぐに
いつもの道を
いつも通りに

ほら横の
そこの林につっ込めばいいのです

寝っころがって
笑えばいいのです
ほら目の前の車も
右手の傘で殴ればいいのです
大声だって出せばいいのです
畜生、畜生と
叫べばいいのです

ほらぼくはまた
いつも通りに歩くのです

どうせ誰も愛してくれない
みにくいオレです

今、其処に在る現実

目の前に在る妄想に
気づかず死んでゆけばいい
きっと笑ったり、泣いたり出来る
何も見えないのがいい
心の像を写せばいい
楽なもんだよ世の中は
あぁ楽だ楽だ
楽しいな

ソシテボクハゲンジツニ
キヅイテニゲテツカマッテ
コワシテミナイフリヲスル

一人の聖女

一人の聖女がおりました
彼女は世界の全ての人々を
平等に愛しました
その彼女を
一人の男が愛しました
男は彼女以外の全ての人々を殺し
自分も死にました

さよなら友達

ぼくは一人で
何処でも行ける
ぼくは一人で
何でも出来る
ぼくは一人が
大嫌いです

ありがとネ
いつかまた
会えるといいネ

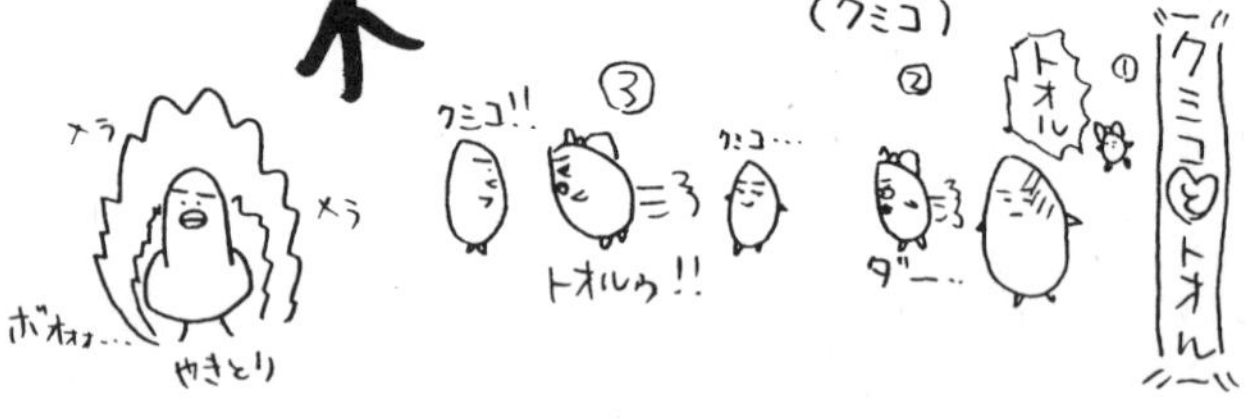

大丈夫だよ。
この花は
ぼくに咲いてる

大山竜右

著者プロフィール

大山竜右（おおやま　りゅうすけ）

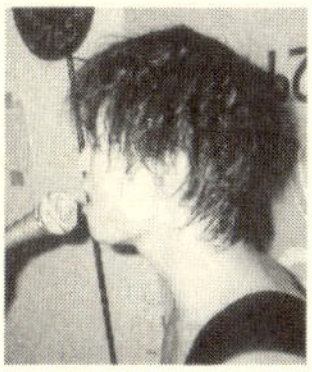

1980年7月11日生まれ。
中原中也、尾崎放哉等の影響を受け、13歳から詩作を始める。現在は音楽活動を盛んに行っている。

E mail:ryusuke@olive.freemail.ne.jp

コノハナイマダクサラズ

2000年12月2日　初版第1刷発行

著　者　大山竜右
発行者　瓜谷綱延
発行所　株式会社 文芸社
〒112-0004　東京都文京区後楽2-23-12
電話　03-3814-1177（代表）
03-3814-2455（営業）
振替　00190-8-728265

印刷所　株式会社 平河工業社

乱丁・落丁本はお取り替えします。
ISBN4-8355-1057-7 C0092